# Dominando a Susan
# Las reglas

*Dominando a Susan Vol. 2*



Erika Sanders

Dominando a Susan
Las Reglas
(Dominación y Sumisión Erótica)

Erika Sanders
Serie
Dominando a Susan Vol. 2

Primera edición: 2025

# Sinopsis

Susan, después de acabar la universidad va hacia su primer trabajo, un empleo proporcionado por un amigo de la familia, Robert, que siempre ha tenido un especial deseo hacia la hija de su amigo.

Este deseo especial es conseguir que Susan esté bajo su dominación...

**Las reglas (Dominación Erótica)** es una novela de fuerte contenido erótico BDSM y, a su vez, una nueva novela perteneciente a la colección Dominación Erótica, una serie de novelas de alto contenido BDSM romántico y erótico.

También es la segunda parte de la nueva serie, Dominando a Susan, donde relataré las aventuras de Susan en su faceta de sumisión.

(Todos los personajes tienen 18 años o más)

# Nota sobre la autora:

Erika Sanders es una conocida escritora a nivel internacional, traducida a más de veinte idiomas, que firma sus escritos más eróticos, alejados de su prosa habitual, con su nombre de soltera.

# Índice:

# DOMINANDO A SUSAN
# LAS REGLAS
# (DOMINACIÓN ERÓTICA)
# ERIKA SANDERS

# ACEPTANDO LA SITUACIÓN

"Su esclava durante una semana".

No podría ser muy mala la semana ya que él siempre la había tratado como a una princesa.

Incluso después de su mal rato de hace unos minutos y de su petición de total obediencia durante una semana, la había recogido, la había limpiado las lágrimas y la había enviado a su baño privado para que se adecentara.

Se puso frente al espejo reviviendo su vergüenza, era una chica mala y ahora Robert lo sabía.

¡Maldita sea!

Se mordió el labio preguntándose si él mantendría todo esto en secreto mientras ella jugaba a su juego.

Porque era un juego, ¿verdad?

Salió del baño, su rostro ya no reflejaba por lo que acababa de pasar siendo su trasero de enrojecido la única prueba externa de ello.

Ella caminó hacia él sintiendo que su rostro se sonrojaba nuevamente y él le entregó su tanga empapada de esperma.

"Ok, todo bien. Sin embargo, ambos tenemos personas que amamos, y esto fue, ummm, divertido, pero no quiero que ninguno de ellos sepa ..."

Al ver su sonrojo profundo y escuchar la auto recriminación en su voz, él la interrumpió presionando su ventaja:

"¿Que me dejaste azotarte hasta que llegaste al orgasmo? ¿Que has accedido a servirme como esclava por no menos de una semana? , mi dulce Susy, ¡eres una perra muy traviesa! "

La vio palidecer ante la última palabra hasta que bajó su cabeza para mirarse los pies.

Delante de ella, le levantó la barbilla, sosteniendo la tanga rosa delante de ella, y él sonrió.

"Entiende que yo tampoco quiero lastimar a nuestras familias. Pero de ahora en adelante me llamarás Maestro cuando estemos solos. Yo, mi dulce nena, soy un Maestro y como tal necesito una esclava. Una semana aquí en el trabajo y al final de la semana volveremos a hablar y vamos a ver como seguiremos desde allí ".

Con eso, se metió la tanga en el bolsillo y regresó a su escritorio.

Levantando un sobre hacia ella, él la miró a sus ojos inquisitivos.

"Esta es una lista de las reglas que debes seguir durante la semana. Puedes ya irte a casa ahora y estudiarla allí. Llega mañana temprano, tenemos mucho que hacer. Te veré a las siete de la mañana."

Se puso de pie y besando su mejilla suavemente, salió de la oficina dando por finalizado el día.

Al acercarse a darle el beso le escuchó susurrar, "Sí, Maestro", lo que le hizo sonreír ampliamente.

# LAS REGLAS

Esa noche se acostó en la cama leyendo sus instrucciones para la semana, y sacudiendo la cabeza.

Se sentía muy incómoda, pero, por alguna razón, ella simplemente no podía decir que no.

Pero debería haber dicho que no.

Él tenía razón, era una puta.

Había querido sentir que la azotaba.

Su novio era dulce pero nunca podría realmente azotarla como Robert lo había hecho.

Había sentido su polla dura presionada contra su vientre, mentalmente considerando su tamaño y forma.

Su novio palidecía en comparación con sus imaginaciones.

Se quedó dormida reviviendo las nalgadas y pensando en la semana que se avecinaba, su mano atrapada entre sus piernas consiguiendo su segundo orgasmo del día.

***

Se despertó temprano para darse una ducha.

Se afeitó todo como se le indicaba en las reglas y se vistió con cuidado.

Se recogió el cabello en una coleta bien realizada.

Y se vistió con una camisola debajo de la blusa en lugar de un sujetador, agradecida por sus pequeños pechos turgentes y deslizó las bragas debajo de su traje de falda corta.

Con el maquillaje puesto tal cual se le indicaba, agarró su bolso y salió corriendo por la puerta justo a tiempo para tomar el autobús que pasaba temprano para ir al trabajo.

La ausencia del tráfico matinal habitual al ser tan temprano hizo que el edificio pareciera extrañamente desierto cuando llegó, pensaba mientras ella subía al ascensor.

Al entrar en la oficina silenciosa se sorprendió de ver las luces encendidas y de que él ya estuviera allí.

Se desplazó hacia su escritorio y rápidamente escribió en la mensajería "Buenos días, Maestro" para hacerle saber de su llegada.

***

Él miró su reloj y sonrió.

Justo a tiempo.

Había pasado la noche planeando la semana que se avecinaba.

La recompensa de los años acumulados en los que necesitó poseer a esta hermosa chica que tanto lo obsesionaba.

Necesitaba que ella aceptara su nuevo papel, esclavizar su cuerpo y su alma, y solo tenía una semana para ello.

Había planeado por toda la noche antes de decidir su próximo movimiento.

Sonriendo, escribió:

"Buena chica, estás aquí a tiempo. Ven a mi oficina, cierra la puerta y desnúdate. Luego ve al centro de la habitación y espera ahí".

***

"Si Maestro."

Con el corazón palpitante, entró en su oficina y cerró la puerta detrás de ella.

Al sentir sus ojos mirándola atentamente, ella se volvió y dio un paso adelante.

Lentamente, se quitó cada prenda de vestir que llevaba y la dejó en el suelo junto a ella.

Finalmente desnuda, se puso sobre la alfombra suave, en el centro de la habitación, para estar a su merced, su esclava.

Ella lo observó mientras él se levantaba y se movía de su escritorio.

Él la rondaba mientras la miraba, de los pies a la cabeza, cada centímetro de su piel, sin tocarla, pero tan cerca que podía sentir el calor de su cuerpo sobre su piel de gallina.

Abruptamente él regresó a su escritorio, le dijo que se vistiera y que se pusiera a trabajar, dejándola de prestar atención para continuar con su trabajo.

***

Pudo ver su confusión y decepción cuando se vistió y regresó a su escritorio.

Sabía que ella estaba lista para hacer lo que él decidiera, para obedecer su voluntad y más aún, para su humillación y vergüenza haciéndola seguir su juego, pero no quería presionar demasiado.

Necesitaba que ella quisiera más, que necesitara más.

Se volvió para mirar su régimen de entrenamiento que estaba sobre su escritorio.

Sus lecciones culinarias iban bien.

Parecía estar gustando a la gente de la compañía.

Él se tocó la barbilla mientras pensaba que tal vez pedirle una cena con unos amigos del club podría estar en el aire pronto.

Se quedó sentado en su escritorio con la mente recordando las nalgadas que le dio a ella, su polla hinchándose por ello, su mano rozándola sintiendo la excitación, viéndola desnuda y tan voluntariamente obediente que casi lo hizo olvidar sus planes, su lujuria y la necesidad de dominar a la chica.

Envió un mensaje instantáneo:

"¿Te masturbas, Susy?"

Esperó mientras en su escritorio parpadeaba el mensaje instantáneo.

Podía imaginarla inquieta, apretando el coño ante la pregunta, pero ya había confesado mucho más durante sus juegos.

"Sí, Maestro, a menudo".

Escribió el siguiente mensaje escogiendo sus siguientes palabras cuidadosamente, deseando no solo jugar con ella sino hacerle pensar:

"¿Será que ese joven, al que no ves mucho, no te satisface lo suficiente, pequeña zorra? Quizás esta semana te ayudará a mantenerte satisfecha".

Con esto cerró la conversación.

***

En su escritorio, ella quedó atónita con la contestación y el cierre abrupto de la conversación, pero se quedó reflexionando sobre sus palabras.

Más tarde, Ocupada en su trabajo, no se dio cuenta que él se había puesto detrás de ella hasta que su mano se acurrucó sobre su hombro y descansó sobre su pecho derecho.

Él se inclinó para susurrarle al oído:

"Solo estoy viendo como mi pequeña zorra trabaja duro".

Acariciando el pezón endurecido y escuchando su respiración acelerarse, él sonrió.

Luego quitó su mano y salió de su oficina antes volviéndose hacia ella:

"Sabes, Susy, esta será una semana muy satisfactoria".

***

La mantuvo nerviosa todo el día con pequeñas caricias y pequeñas bromas que siempre la hacían desear más por sus movimientos inconscientes y se sonrojaba cada vez más.

Satisfecho de haber despertado su necesidad durante todo el día, él quería más.

La mensajería parpadeó en su escritorio.

"Antes de que te vayas hoy, pequeña zorra, te presentarás en mi escritorio y pedirás permiso para dejar mi servicio por el día".

***

"Si Maestro." Tecleó y rápidamente se apresuró a terminar lo que estaba haciendo y dejar ordenado su escritorio.

Ella estaba un poco excitada.

Él la había provocado durante todo el día, sus bragas estaban húmedas y pegajosas, y no podía creer que se sintiera tan caliente.

Se sonrojó al saber que estaba siendo la pequeña zorra que él la llamaba, pero ella no parecía poder evitarlo.

Ella se puso de pie y entró a su oficina cerrando la puerta y esperando que él la acercara.

Estuvo así por unos minutos, aunque que pareció mucho más tiempo.

Esto le puso más nerviosa hasta que él la miró y señaló un lugar en el piso al lado de su escritorio.

"Aquí, Susy".

Ella casi voló al lugar queriendo estar cerca de él otra vez.

Al ver la sonrisa iluminar su rostro ante su ansia, su sonrojo llenó su rostro nuevamente.

"Antes de partir hay una cosa más que necesito evaluar". Podía verla temblar ligeramente mientras ella asimilaba sus palabras. "Sé una buena puta e inclínate sobre el escritorio frente a mí, Susy"

Al ver su mirada de incomprensión, no esperó a que se moviera, sino que se levantó, la tomó del brazo y la presionó para que se inclinara contra el escritorio, sus pies apenas tocando el piso .

Pasando las manos por sus muslos extendiéndolos ampliamente, chasqueó la lengua con fuerza.

"Mi pequeña zorra Susy, ¿qué has estado haciendo hoy para mojar tanto esto?"

Al escuchar su gritito y al ver el sonrojo profundo, sonrió satisfecho por su reacción.

Fácilmente podría haberle culpado a sus constantes juegos aquel estado de excitación, pero ella permaneció en silencio, avergonzada de que él la llamara puta.

Pasó los dedos sobre las braguitas de algodón mojadas y continuó.

"¿Qué deberíamos hacer con una zorra tan húmeda?"

Enganchando sus dedos en sus bragas, le acarició la raja mojada, mirándola retorcerse y jadear después de todas las juegos a las que la sometió durante el día.

Agarrando su clítoris entre el pulgar y el índice apretando lentamente, gruñó:

"¡Contéstame, pequeña zorra!"

Al oírla gemir en voz alta y verla temblar, él sonrió de nuevo.

Presionada contra su escritorio, sus muslos se abrieron de par en par.

Ella sintió como su humillación ante sus palabras llenaba de color su cara haciéndola mojarse aún más.

Sus manos y dedos juguetones la mantuvieron nerviosa todo el día, su pequeño cuerpo demandando y necesitado de su toque.

Ahora la sensación de sus dedos mientras acariciaban su coño hacía que sus caderas se movieran inconscientemente.

Sus ojos se ensancharon cuando sus dedos le agarraron y apretaron su clítoris y ella gimió en voz alta:

"Sí, Maestro, quiero decir, ¡no Maestro!, ¡oh, Dios!"

"¡Usted sabe lo que tiene que hacer!" Ella chilló cuando él le dio una palmada en el trasero con fuerza.

Él continuó apretando causando dolor en su pequeño cuerpo mientras ella chillaba de nuevo.

Sus ojos se llenaron de lágrimas cuando la golpeó nuevamente exigiendo una respuesta:

"¡Una nalgada, Maestro!"

Ella sintió como se retorcía su clítoris cuando él le dio una palmada a su pequeño trasero de nuevo.

Arqueándose de dolor, las lágrimas corriendo por su rostro, ella tuvo un orgasmo, gritando su dolor y necesidad.

Retiró la mano y miró a la puta, tan contento de que ella casi lo suplicara.

Él la levantó, besando su rostro lloroso, mientras ella se sacudía incontrolablemente en sus brazos, frotando su espalda y tranquilizándola.

La acompañó al baño.

"Arregla tu maquillaje, mi pequeña zorra, no queremos que la gente piense que estamos aquí jugando a algo".

La vio mirar su amplia sonrisa burlona mientras se sonrojaba profundamente y bajaba la cabeza.

***

Mientras ella se agachaba para lavarse y arreglarse la cara recordó cómo se sentía cuando él la estaba rozando.

La dureza aparente debajo de sus pantalones.

Su mente divagando con imágenes de cómo debía ser su polla.

Ella se estremeció.

***

"Como eres una chica tan desagradable, pero tienes cara de ángel, usarás bragas mojadas, Susy, ¡deja que la gente se pregunte si el ángel es tan inocente como parece!" Se deleitaba con la expresión de estremecimiento en su rostro. "Mañana después de que te duches, quiero que elijas tus bragas favoritas y te las pongas sobre ese pequeño coño". Su mente le devolvió el recuerdo de su apretadito coño recién afeitado de su inspección de esa mañana. "Entonces quiero que te masturbes, llegándote al borde del orgasmo y luego te detengas, te acabes de vestir y salgas para el trabajo. Tan pronto como llegues, ven a mi oficina."

Sus ojos se abrieron de par en par, su corazón comenzó a latir frenéticamente.

Lo que él estaba pidiendo era un poco indignante, pero su coño se contrajo y sintió que goteaba aún más.

Con voz temblorosa, ella respondió "Sí, Maestro".

Él la miró con ojos penetrantes haciéndola sonrojar más.

Su mano la rodeó para tocar su coño mojado y cubierto de algodón.

Luego susurrando en su oído con un gruñido amenazante:

"Y no tengas sexo con tu novio desatento esta semana, Susy. Esta semana eres mía. ¿Entendido? "

Su rostro se encendió brillantemente mientras susurraba: "Sí, Maestro".

* * *

Esa noche, ella durmió a intervalos.

Sus sueños se llenaron de él, su cuerpo estaba tan excitado que parecía constantemente mojado y necesitado.

Consideró llamar a su novio.

¿Cómo se podría enterar el Maestro si lo hiciera?

En el fondo sabía que si lo hacía se sentiría frustrada y culpada, así que enterró la cabeza en la almohada y trató de volver a dormir.

* * *

A la mañana siguiente, después de los largos preparativos, se fue hacia el trabajo, con las piernas inquietas mientras viajaba.

Miraba a su alrededor para ver si la gente podía sentir su excitación, sus pezones constantemente endurecidos por su necesidad de correrse y haciendo que su pequeño botón le molestara.

* * *

Ella fue directamente a su oficina a su llegada.

Él estaba hablando por teléfono con alguien y cuando sus ojos se volvieron hacia ella, apareció una sonrisa.

Cogió un bolígrafo y escribió "desnúdate" en el bloc de notas a su lado.

Pasó la página hacia ella e indicó el lugar frente a su silla entre sus piernas abiertas.

Le temblaban las piernas mientras caminaba obedientemente alrededor del gran escritorio y comenzaba a desvestirse.

Él cubrió la boquilla con la mano y le susurró:

"Lentamente, no es un examen médico"

Él le guiñó un ojo y ella se sonrojó y asintió entendiendo que se desnudara más sensualmente.

Esto hizo y finalmente desnuda, lo escuchó decir:

"Lo siento, Harry, tengo que dejarte ahora. Te llamaré más tarde, alguien requiere mi atención".

Él le sonrió y colgó el teléfono.

Él la inspeccionó críticamente, pasando un dedo por la parte interna de su muslo para sentir su humedad, luego recostándose, y pasando su lengua por la punta de su dedo mojado.

"Date la vuelta y dóblate sobre el escritorio pequeña puta, y con las piernas abiertas."

Se giró y se dobló, presentándole su pequeño culo apretado.

Mientras observaba la pequeña punta de la tela que brotaba de los labios de su coño, él la pellizcó y, de forma tentadora, lentamente comenzó a tirar.

Con los ojos muy abiertos y casi llorosos por el torbellino de emociones y sentimientos, él movió las bragas mirando como su coño goteaba aún más cuando se las levantó.

Cuando la tira de tela se le metió en la rajita, tiró con fuerza, observando su rostro en el reflejo de la ventana mientras ella se mordía el labio y gemía.

Golpeando su trasero desnudo y diciéndole que se pusiera de pie, él la miró críticamente mientras ella se enderezaba y se volvía hacia él.

Después de su inspección, le golpeó el trasero una vez más y le ordenó que se arreglara la ropa, que se colocara bien las bragas empapadas y que volviera a su trabajo.

El sonrojo y la expresión de desconcierto que se reflejaron en su rostro lo complacieron enormemente.

Después le dio la espalda y levantó el teléfono para reanudar su conversación anterior, con sus ojos enfocados en su reflejo en las mamparas de su oficina.

"Oh sí." Pensó para sí mismo, "esta va a ser una semana muy satisfactoria. Y si mi plan tiene éxito, será mucho, mucho más que una semana..."

# LA HISTORIA CONTINUA EN EL PRÓXIMO VOLUMEN: JUGUETE NUEVO

# CONAN EL BÁRBARO
# VOL.2
# ERIKA SANDERS

# ZULA

Zula cerró la puerta de su habitación detrás de ella, y se apoyó contra la puerta por un momento, repentinamente nerviosa.

Se había excusado de la conversación nocturna una vez que Yakin se había ido para completar su propio trabajo nocturno.

Ella había alegado cansancio, pero la verdad era bastante diferente.

Sacó la mágica bola de cristal de su bolsa, y la sostuvo en su mano, mirándola, con el corazón latiendo.

Cuando la encontró, enterrada entre la basura cerca de la parte trasera de una cámara subterránea, inicialmente había planeado entregarla a los demás, como cualquier parte del botín del tesoro del grupo.

Pero eso fue antes de que ella se diera cuenta de lo útil que sería, y exactamente lo que ella podría hacer con eso... solo si los demás no supieran que la tenía.

Se sentía culpable por hacerlo, especialmente cuando consideraba cuál había sido su verdadero motivo.

Tal vez debería haberles dicho, y luego reclamarlo como su parte del botín.

Era mucho más fácil si no lo sabían ... pero, igualmente, ahora sería extremadamente embarazoso si lo descubrieran.

Pero ya era demasiado tarde para eso.

Tenía la bola de cristal en la mano y no tenía sentido haberla tomado si no tenía la intención de usarla.

Eso sería lo peor de ambas posibilidades.

Respirando para calmarse, deslizó el pestillo del interior de la puerta, cerrándola, y se dirigió a su cama.

Se quitó la chaqueta, la puso a un lado, se sentó en la cama y también se quitó las botas.

Como duende, le encantaban las comodidades, y la cama ya se sentía apetecible.

Se acostó, encima de las mantas, sintiendo su material suave con los dedos de los pies desnudos, y apoyando profundamente la cabeza en la almohada.

Entonces, ya sintiéndose un poco más relajada, extendió el pequeño orbe mágico frente a ella.

Ella sabía cómo activar las cosas, por supuesto, habiéndolo visto hacer una vez antes, hace varios años.

Eran dispositivos útiles, pero raros, y fue solo su buena fortuna lo que le permitió que uno se deslizase en sus manos.

Miró fijamente el globo, dándole vida, y luego lo presionó suavemente contra un ojo cerrado.

El vidrio comenzó a brillar, y un nebuloso disco de luz surgió ante ella.

Abrió la mano y la bola comenzó a levantarse, dejando el globo atrás, todavía fijo frente a su cara.

Podía ver formas formándose dentro del disco: una imagen de su habitación oscura vista desde la perspectiva de la bola de cristal, no desde sus propios ojos.

Un ojo mágico, de hecho, pensó.

Ahora solo tenía pensar a dónde quería que fuera, y esperar que nadie lo viera.

Era tan pequeño que, seguramente, nadie lo haría, siempre y cuando ella tuviera cuidado.

Ahora podía mirar a donde quisiera, sin que nadie lo supiera ... y había un lugar en particular que ella ciertamente quería mirar.

Deseó que el ojo flotara por la ventana abierta y bajara a la planta baja, donde se deslizó por otra abertura.

El espacio era demasiado estrecho para que entrara una persona, debido a la rejilla metálica sobre la ventana, pero no para algo tan pequeño como este ojo.

Dirigió el ojo hacia la sala principal, donde había dejado a los demás, y lo dejó colgando justo encima de la puerta, en las sombras cerca del techo.

La casa solo estaba iluminada por unas pocas antorchas aquí y allá, dejando muchas manchas de oscuridad.

A través de la puerta, podía ver a Yasmina y Valeria, quienes ya parecían estar retirándose, aparentemente decidiendo que no podían hacer nada más esta noche, a menos que quisieran esperar a Conan y Snagg.

Esperando el momento adecuado, detuvo el ojo donde estaba, hasta que empezaron a subir las escaleras, y luego lo movió lentamente por el pasillo, hacia una de las puertas de atrás.

La vista mágica del lugar era extraordinaria, casi como si ella misma estuviera parada allí, o más bien flotando en el aire, justo debajo del techo.

Los detalles eran tan nítidos como su propia vista, y con casi el mismo campo de visión.

Pero era bueno que ella estuviera en una habitación oscura, ya que las sombras que se mostraban en el disco ante ella habrían oscurecido todo si ella misma estuviera parada en la luz.

Casi inmediatamente después de entrar en el corredor trasero, vio su objetivo: Yakin.

Yakin era, por supuesto, humano, y ahí estaba la tragedia.

Era un chico guapo, unos años más joven que ella, pero lo suficientemente mayor para ser su tipo, y lo suficientemente maduro como para interesarle.

Habría sido un buen duende, con su apariencia, su cabello castaño claro y su nariz recta.

Pero no lo era, lo que significaba que siempre habría un abismo entre ellos.

Los humanos a menudo se mezclaban con los elfos: Conan era una prueba viviente de eso, pero nunca con los duendes.

La diferencia de tamaño era un obstáculo demasiado grande para sus percepciones y, si ella era honesta, también para la mayoría de los duendes.

Tenía tres pies y dos pulgadas de altura, perfectamente razonable para una mujer gnómica, pero contra un humano como Yakin ... bueno, si tenía que ser sincera, el problema era lo que tenía en la entrepierna, que sería demasiado grande para ella.

Era una pena, realmente lo era.

Si solo hubiera alguna manera de reducirlo a su tamaño, para que la pudiera tomar como una mujer normal.

No era que pareciera una niña en ningún otro aspecto; sus pechos y caderas la hacían tan bien formada como cualquier mujer humana.

Los enanos eran diferentes, con su constitución gruesa y miembros atrofiados; incluso si un humano fuera del tamaño de un enano sería poco probable, pensó, encontrar uno atractivo.

Y, si ella fuera una enana, probablemente no vería nada en Yakin.

Pero no lo era, y la verdad era que él era un joven atractivo, y siempre considerado y servicial.

¿Cuántas veces se había acostado en esta misma cama, pensando en él?

¿Cuántas veces se había imaginado su rostro en los últimos días, esperando hasta que pudiera estar cerca de él otra vez?

¿Cuántas veces había fantaseado ella con él, imaginándolo de alguna manera reducido a su tamaño, y de lo que podrían hacer juntos si lo estuviera?

Pero ella no quería hacer eso esta noche; ella solo deseaba mirarlo, sabiendo que, si él sabía lo que ella sentía, las cosas se volverían desesperadamente incómodas.

Porque él era un humano, y nunca podría corresponder a sus sentimientos, a sus deseos.

Así que se acostó en la cama, observándolo cerrar las contraventanas y apagar las antorchas, preparando la villa para la noche.

Se dio cuenta de que, con las contraventanas cerradas, tendría que volver a bajar las escaleras después de que él se hubiera acostado, y abrir la ventana para dejar que el ojo volviera a su habitación.

Pero, por el momento, estaba contenta de verle.

Después de un rato, aparentemente satisfecho con sus deberes durante la noche, Yakin se dirigió a través de una puerta lateral.

Zula se dio cuenta de inmediato de que no era el camino a sus aposentos.

De hecho, se dio cuenta, su corazón casi saltaba al pensarlo, ¡era la puerta de la sala de baño!

La ciudad de Tarantia se construyó sobre aguas termales, parte de la razón de su existencia.

La villa, como muchas ubicados en toda la ciudad, tenía su propia sala de baño, llena de agua naturalmente cálida.

Ella misma lo había usado antes para eliminar la suciedad y el polvo del viaje, su primer baño adecuado en más de un mes.

Inconscientemente, olvidando su resolución de solo un rato antes, movió su mano izquierda a su pecho, acariciándolo a través del paño rojizo de su túnica.

Sus pezones se endurecieron con el toque.

¿Estaba Yakin simplemente yendo allí para arreglar algo, o ...?

Ella movió el ojo a través de la puerta detrás de él, lanzándolo hacia el techo.

Yakin se volvió de repente, miró detrás de él y luego salió por la puerta.

¿Había visto el ojo?

¿Lo había movido demasiado rápido?

Zula estaba paralizada ahora, sin atreverse a moverse, como si, de alguna manera, él pudiera verla, y no a una bola de cristal flotante.

Pero el joven humano negó con la cabeza, aparentemente sin ver nada, y regresó a la habitación, cerrando la puerta detrás de él.

Había estado cerca, pero parecía que ella había logrado mantener el ojo fuera de su vista.

Ahora, sin embargo, no se atrevió a moverlo desde su lugar actual cerca del techo, lejos de las dos lámparas que iluminaban la habitación.

Ella no podía arriesgarse a que él volviera a sospechar.

Yakin sacó una de las toallas, colocándola cerca del baño.

Ella se dio cuenta de que él realmente se iba a bañar, y su plan original se desvaneció de sus pensamientos por completo.

Ella solo quería verlo trabajar, hasta que él apagó las lámparas y hundió la casa en la oscuridad, pero ahora era diferente.

Se frotó el pecho con la mano izquierda de nuevo, arrugando la tela sobre él, sintiendo la emoción mientras deslizaba su otra mano para descansar en la parte interior de su muslo, sintiendo el suave cuero de sus tiras apretadas contra su carne.

Ella respiró, suspiró con anticipación, sus ojos se ensancharon.

Yakin se quitó la túnica y luego se agachó para desabrocharse los zapatos.

A pesar de todo lo que había intentado, nunca antes lo había visto en un estado de desnudez parcial.

Se dio cuenta de que ni siquiera sabía realmente cómo se veía un hombre humano desnudo.

¿Cuánto se parecerían a los duendes?

A juzgar por lo que había visto hasta ahora, no había ninguna diferencia.

Yakin estaba moderadamente bien constituido, su piel clara era impecable y suave, una ligera capa de pelo en la parte superior del pecho, pero muy poco.

Su físico era como ella siempre lo había imaginado, recortado, pero no excesivamente musculoso, su vientre plano.

Ella miró hacia abajo a su cintura, mientras comenzaba a hurgar con los cordones que sostenían su propio atuendo.

Y entonces Yakin se dio la vuelta.

No era su espalda lo que ella quería ver, pero ahora estaba de espaldas a ella, colocando los zapatos y la túnica cuidadosamente en el banco frente a él.

No se atrevió a mover el ojo para verlo mejor, y solo lo miró fijamente, incapaz de hacer nada por su situación.

Con un movimiento suave, Yakin se quitó las medias largas y luego se bajó los pantalones cortos de algodón que llevaba debajo.

Sus nalgas eran firmes, bien formadas, del tipo que a ella le gustaban.

Pero ella quería ver más.

¿Por qué se estaba tomando tanto tiempo?

Con un gruñido de frustración, bajó la mano izquierda, se abrió la túnica, se metió la mano y luego se pellizcó el pezón desnudo.

Los nudos de los cordones se deshicieron, y ella deslizó su otra mano en sus braguitas, pasando sus dedos sobre su vello púbico y bajando a la rajita entre sus piernas.

Le dolía el coño de deseo, pero se ella obligó a detenerse, preguntándose en silencio.

¿De verdad tenía que hacerlo?

Sí.

Sin duda quería hacerlo.

Yakin se volvió hacia el baño, de pie ante él, completamente desnudo, con lo interesante todo a la vista.

En ese momento se dio cuenta de que ni siquiera había pensado en cuál de las dos posibilidades realmente quería que fuera la verdadera.

¿Había esperado que, a pesar del gran tamaño del humano en otros aspectos, su pene fuera del tamaño de un duende, dándole una esperanza, aunque fuera distante, esperando de que algún día él pudiera elegir colocarlo entre sus muslos?

¿O había esperado secretamente, en algún oscuro rincón de su mente, que los humanos fueran proporcionados como los duendes en todos los sentidos, haciendo que su polla sea tan grande y potente como el resto de él?

Ahora estaba muy claro que la última posibilidad era la verdadera.

Ella nunca había visto a un humano desnudo antes, pero había visto desnudos hombres duendes y, en todas sus proporciones, Yakin ciertamente se parecía a uno.

¿Qué tan grande significaba eso para su pene, especialmente cuando estuviera completamente erecto?

Ahora no estaba erecto y le pareció enorme, ¿cuánto sería de grande en completa erección?

¿Cuánto más lejos había desvanecido esto las esperanzas que ella tenía para poseerle?

En este momento, a ella no le importaba.

Con la mano izquierda acariciando su pecho, ella metió un dedo entre los labios de su coño.

Estaba muy mojado, caliente, dolorido por su toque.

Ella necesitaba liberarse, y ella lo necesitaba pronto.

Su dedo acarició su clítoris, y ahogó un gemido cuando experimentó una repentina oleada de placer.

Ella lo necesitaba tanto que dolía.

Sí, ella se había masturbado muchas veces antes, pensando en Yakin, pero nunca había sido así.

La imagen de él desnudo ante el baño era una que seguramente ella mantendría en su mente para siempre.

Pareció una eternidad, pero difícilmente podría haber pasado mucho tiempo antes de que él se deslizara hacia las cálidas aguas del baño.

Ahora buscando el jabón perfumado y la piedra pómez que ella misma había utilizado esa misma noche.

Las aguas estaban limpias y claras, permitiéndole una vista de todo su cuerpo, distorsionada por las ondas, pero más que suficiente para alimentar sus fantasías.

Ella deslizó su dedo dentro y fuera de su coño, encontrando un ritmo, sintiendo la humedad resbaladiza de su sexo.

Luego, mirando una vez más el objeto de su afecto, hizo algo que nunca había hecho antes, y empujó un segundo dedo.

Comenzó a bombear, a golpear más fuerte, su respiración entrecortada, tirando de su pezón con la otra mano, girándolo entre el índice y el pulgar.

Deseaba tanto a Yakin, pero esto era todo lo que podía hacer para sentir que la estaba penetrando en su cama.

Sus dedos trabajaron duro, mientras los forzaba más adentro, imaginando esa enorme polla completamente erecta, abriéndose paso hacia su ansioso coño.

Imaginando esas nalgas firmes golpeando dentro de ella con vigor creciente.

Metió un tercer dedo en su pasión lujuriosa, encontrándolo apretado, casi doloroso.

"Podría joderte, sé que podría ..." jadeó, dándose cuenta de repente que había hablado en voz alta.

Entonces su clímax la golpeó, y se arqueó sobre la cama, su pequeño cuerpo convulsionó cuando oleadas de orgasmos se estrellaron sobre ella, aturdiendo en su ferocidad, cegándola incluso la vista del hombre desnudo en el disco de luz que tenía delante.

FIN

# CASADA CURIOSA
# CINDY LA VAMPIRA 1
# ERIKA SANDERS

El internet es una cosa maravillosa. Te permite conocer personas que nunca se te habrían cruzado en tu camino. Y esta noche eso significaba conocer a Rachel. Al menos ese era el nombre que me dio y ciertamente no tenía mucha intención de profundizar en su vida real. En todo lo que estaba interesada era en esta noche.

Habíamos coincidido en una sala de chat lésbico hacía unos tres meses antes. Nos habíamos presentado la una a la otra de la manera habitual. Habíamos intercambiado nombres, y luego fotos. Habíamos tenido sexo cibernético salvaje y habíamos compartido fantasías sexuales.

Ya con la confianza que da haber llegado a tener sexo, aunque fuera cibersexo, empezamos a hablar un poco de nuestra situación personal. Ella era una madre felizmente casada con dos adorables niños y su esposo era un tipo bastante agradable, aunque bastante aburrido en la cama, para lo que se esperaba de un marido.

Ella era intensamente curiosa, sexualmente hablando. Pero tenía miedo de tener una aventura con alguna conocida, por razones obvias. También tenía miedo de estar con una extraña. De nuevo las razones eran notoriamente obvias. Pero había llegado a un punto en que las fantasías en línea ya no satisfacían sus deseos más lascivos.

Yo quería ser tan sincera con ella como fuera posible. Le dije la verdad, que era soltera y que había sido activamente bisexual durante mucho tiempo. Le envié fotos mías reales y le dije cuáles eran mis preferencias sexuales cuando tengo sexo lésbico.

Nos hicimos más confidencias, conectamos más y finalmente tomamos la decisión de darnos nuestros teléfonos.

Como ella era la que más tenía que perder, la primera vez que hablamos, la llamé a la cabina telefónica que había elegido. Fue una conversación breve, solamente con el propósito de asegurarnos que ambas éramos mujeres.

Ella sugirió que nos reuniéramos para un primer contacto en un bar cerca de su oficina, donde a veces se detenía para tomar algo después del trabajo. Si a las dos nos gustaba lo que veíamos, podíamos ir después a su despacho, ya que tenía su propia entrada discreta. Y si no era así, podríamos ir cada una por nuestro lado. Por mi parte tuve que insistir en que nos encontremos por la tarde noche, a la caída del sol.

Llegué la primera a la cita. Estaba preocupaba en no causar una buena impresión cuando vi como entraba una rubia alta y esbelta y que me miraba. Por mi parte tengo los ojos verdes, el pelo rojo y la tez blanca de mis raíces irlandesas. Todavía me salpican las pecas, que me ayudan a desmentir mi edad. Soy delgada, con una nariz bastante chata y en el momento en que entró Rachel estaba tomando una botella de cerveza con una mano y tenía un cigarrillo en la otra.

Rachel estaba tan nerviosa como lo podría estar cualquier mujer ante una cita a ciegas. Estaba vestida para el trabajo, muy elegante con lo que supongo usaría una contable de éxito, con una falda azul marino y un blazer sobre una blusa blanca y con un par de zapatos con tacones a juego. Se sentó, cruzó y descruzó sus atractivas piernas y me quitó un cigarrillo. Lo que fue un error, tal como resultó. Le dio una bocanada y ella ya se estaba ahogando.

Por un momento pensé que eso era el final, que la vergüenza la haría salir del local. Le quité el cigarrillo de los dedos y le pedí otra cerveza. Ella le dio un tragó y casi se atraganta nuevamente. Debajo de la mesa, tomé su mano con la mía. Sonreí, le apreté la mano y me lancé a un hablarle con una charla intrascendente hasta que recuperara su tranquilidad. Era obvio que estaba muy nerviosa.

"Lo siento mucho", se disculpó. "Es que esto no lo he hecho nunca y estoy un poco..."

"¿Nerviosa?" Yo le dije. "Yo también." Ella me miró incrédula. "En serio, lo estoy", insistí. "Sé que hemos hablado y demás, pero podrías haber sido un maníaco babeante bajo tu bonito disfraz exterior. Pero obviamente no lo eres".

Mi rodilla se encontró con la de ella y pusimos nuestras manos juntas sobre ellas. Ella mantuvo mi mano así y mis esperanzas renacieron de nuevo.

A continuación, hubo un poco de conversación algo nerviosa, pero ambas nos fuimos relajando y comenzamos a divertirnos. Acercamos un poco más nuestras sillas con lo que nuestras piernas también lo hicieron.

Con la mano que tenía en su rodilla la comencé a acariciar y luego la subí por su muslo. Su mano siguió descansando sobre mi rodilla al principio, pero luego también comenzó a explorar mi propia pierna.

Vi la emoción creciendo en sus ojos, un sentimiento que estaba segura estaba emparejado en el que yo también sentía. Pagamos nuestras consumiciones, recogimos nuestras pertenencias y discretamente la seguí por la puerta del local hacía su trabajo en el edificio de oficinas que estaba al lado.

Entremos y cerramos la puerta detrás de nosotras. Rachel me había dicho que no habría nadie más en el edificio a esa hora ya tardía, pero de todos modos se asomó al oscuro pasillo para comprobarlo.

La visión de la falda apretando su culo mientras se inclinaba a mirar me decidió a actuar. Ya era hora de comenzar. Me puse detrás de ella y cuando se enderezó, pasé un brazo alrededor de su cintura. Mis labios se dirigieron a su oído y mi lengua se sumergió en él.

Con mi otra mano abrí la puerta cerrada de su despacho, empujé suavemente a Rachel dentro y después se la puse en las curvas de su culo y le comencé a bajar la cremallera de su falda. Esta cayó alrededor de sus pies, dejándome ver sus hermosas piernas cubiertas ahora ya solo con sus sensuales medias y su firme culo con unas bragas de encaje negro de corte francés.

Me eché unos pasos hacia atrás para admirarle el culo y las piernas mientras me despojaba de mi vestido. Me volví a acercar por detrás de ella y pasé mis brazos alrededor de su cintura acariciándosela para luego subir ambas manos para deslizarlas debajo de su sujetador y copar sus pechos.

Ella giró su cabeza para besarme y se apoyó contra mi cuerpo. Jugué con sus pezones y chupé su lengua hasta que ella se movió para mirarme. Ella logró desabrochar mi sujetador y pasarlo por mis brazos con manos temblorosas mientras yo casi arrancaba el suyo. Después nos quitamos nuestras bragas.

Juntas y acariciándonos nos tambaleamos andando hasta un sillón de cuero enorme de ejecutivo que parecía muy cómodo. La empujé hacia el sillón y me puse delante de ella. Le subí las piernas sobre los brazos extendidos del sillón y me apoyé en su coño abierto. Ella casi gritó cuando mi clítoris se encontró con el de ella, pero logré sofocar el grito besándole en la boca.

Nuestros duros pezones se raspaban los unos contra los otros mientras empujaba mi pelvis contra la de ella. Cachetadas, y ruidos de succión se comenzaron a oír junto con el increíble aroma de dos mujeres excitadas. Mis caderas se levantaban y caían contra ella y ella incorporaba las suyas para encontrarme hasta que nuestros cuerpos se unieron con espasmos y ambas nos corrimos.

Ella se hundió en la silla. Pero aún yo no había acabado con ella. Mientras ella temblaba, lentamente deslice mi cuerpo hacia abajo. Hubo un momento en que mi cara se presionó entre sus pechos y casi pierdo el control, pero logré continuar.

Mi lengua y mis labios continuaron su camino por su estómago y sobre su sexy montículo. Le levanté sus piernas sobre mis hombros, inclinándome hacia ella y levantando su culo hacia arriba. Cubrí sus labios mojados del coño con mi boca y mi lengua se puso a darle placer.

Esto era lo que había querido hacer desde que la vi. Sabía que esto era lo que ella había querido experimentar por primera vez. La sostuve con mis manos y alterné la succión de sus labios hinchados con mi boca y con la pasada de mi lengua cada vez más y más profundamente en su rajita abierta. Sus manos se deslizaron por mi espalda y me ayudó empujando sus caderas hacia mí, subiendo y bajando por mi cara.

Se agitó en la silla de cuero mientras mi lengua rozaba su clítoris. Mis manos se apretaban y se aflojaban, masajeando su culo firme y manteniendo su sexo húmedo presionado en mi cara.

Alterné al lanzar mi lengua dentro de ella con breves pinchazos rápidos a otros golpes más amplios, raspado arriba y abajo en su abertura abierta.

Pasé un dedo más adentro que lo conseguía mi lengua, y luego otro. Girando y girando mi muñeca, sentí como su cuerpo se tensaba. Empujé todos mis dedos dentro de ella y agregué el pulgar de la otra mano. Este deslizamiento fue suficiente para cubrirlo con sus jugos. Lo saqué y con un movimiento rápido lo metí por el culo.

Echó la cabeza hacia atrás y levantó las caderas para que le introdujera más profundamente mis dedos. Mientras lo hacía, mis labios se deslizaron por el interior de su muslo. Justo encima de su mitad superior noté la presencia de su pulso latiendo fuertemente. Mis colmillos como agujas pincharon su piel sin apenas resistencia para alojarse en su arteria femoral.

Como esperaba, la llegada de su orgasmo fue tan intensa que nunca sintió la penetración adicional en su cuerpo. Sus sentidos estaban abrumados. Sus continuas subidas y bajadas sobre mi mano y sus gritos apagados fueron el resultado de mis penetraciones en su coño y culo, no en respuesta a mi mordida. Para cuando su cuerpo se calmó lo suficiente como para reconocer cualquier otra cosa, ya estaba cayendo en la inconsciencia.

Terminé de alimentarme y me retiré de su pierna. Bueno. Las pequeñas marcas de punción apenas se notaban. Incluso si alguien sospechaba lo que había sucedido, buscarían las marcas tradicionales en el cuello. Siempre he tratado de evitar éstas cuanto fuera posible.

El siguiente paso era vigilar el área. Saqué una toallita del baño del pasillo y la limpié cuidadosamente. Le puse su ropa interior y le acomodé la ropa. Le quité las medias y las puse en un práctico cajón. Vi que tenía un armario, lo abrí y puse sus zapatos de tacón en la parte baja del armario donde estaban otros zapatos.

Tampoco quería que pareciera que había conocido a un amante aquí, después de todo. Encendí su computadora y borré cualquier rastro de nuestra correspondencia. Saqué unas carpetas y las extendí alrededor del escritorio, colocando una sobre su regazo, abierta con sus manos encima. Abrí el cajón inferior de su escritorio y apoyé sus pies sobre él, cruzando sus tobillos.

Miré cuidadosamente alrededor de la habitación. Sin sangre, sin señales de algún intruso y sin rastro de mi presencia. Era hora de irse. La revisé cuidadosamente una vez más. Su pulso era lento pero regular y su respiración era normal. Dejando solo encendida la lámpara de escritorio, me deslicé a través de la puerta al exterior, sintiendo más que escuchando cómo se cerraba detrás de mí. Ella estaría bien por la mañana, aunque estaría un poco mareada por la bajada de la presión sanguínea que la había hecho desmayarse esta noche. Se sentiría aliviada al descubrir que me había ido. Incluso podría ir a un médico y hacerse un cheque. Pero seguro que ella recordaría con placer su primera experiencia lésbica.

¿Qué? ¿Esperaban que la matara? ¿Qué bebiera toda su sangre hasta que ella fuer una forma vacía y sin vida? Que creen que soy, ¿una desalmada, un no muerto, o un monstruo chupasangre?

No me importa que se use el término "no muerto", pero prefiero "inmortal". Sin embargo, tengo que admitir que el primer término es correcto. No respiro, mi corazón no late y lo que fluye en mis venas es solo algo mecánico. Y sí, bebo sangre. Solo trata de pensar en mí como alguien que necesita muchas transfusiones.

Estaría perfectamente feliz de vivir en el banco de sangre local, pero no puedo. Hay una escasez de sangre en todo el país. ¿Alguno de ustedes ha visto cuantos anuncios hay de la Cruz Roja pidiendo donaciones?

Por otra parte, casi no tengo alma y me molesta muchísimo que me llamen monstruo. Excepto por algunos cambios que ocurrieron después de un extraño encuentro de hace unos cientos de años, todavía soy la hija más joven y favorita de la señora Madison, y me llamo Cindy.

Me gusta la música, bailar, disfrutar del buen whisky irlandés y una buena narración de cuentos. Todavía soy una coqueta, no estoy dispuesta a establecerme con otro vampiro (fíjense, unos amigos, son pareja y están muy felizmente casados) y me gusta la compañía de ambos sexos.

Todavía tengo algo alma y conciencia. Y todavía asisto a la Misa del Gallo por el amor de Dios, aunque en mi confesión anual por Pascua ha ocurrido que más de una vez el sacerdote me ha regañado por contar grandes mentiras en la confesión. Sin embargo, es mejor eso que ser expulsado del confesionario por alguien que grita "Espíritu impuro" y que trata de clavar una estaca en mi corazón.

Soy una vampira, no un demonio. Los únicos problemas es que tengo una alergia severa a la luz solar y que mi cuerpo solo se alimenta de una manera específica.

Por cierto, no puedo volar. No en mi forma humana de todos modos (Entiendo que es la única forma que tengo. NO me convierto en murciélago. Estoy seguro de que arruinaría mi maquillaje). YO SOY más fuerte que una persona normal y sí, continuaré viviendo (término equivocado, pero no sé qué más cabe) previsiblemente durante mucho tiempo.

Por cierto, no tengo idea de qué ocurre después de la muerte. No recuerdo nada de lo que sucedió entre que me desmayé por causa de los colmillos de ese tipo en mi garganta y al despertar en un ataúd. Y esa no es mi idea perfecta de dónde pasar la noche.

Hay varias razones por las que no mato humanos.

Primero y, ante todo, no soy una asesina. Pocos vampiros lo son. Incluso para aquellos que no tienen escrúpulos morales en matar, dejar el paisaje plagado de cadáveres no es una opción muy interesante. Llama la atención. Pueden hacerte quemar en la hoguera, y no es un final que me atraiga, especialmente después de lo cerca que llegué a ese final en Hungría hacia el año 1590.

Segundo, si no eres muy cuidadosa, crearás más vampiros. No se sorprenda de que no lo consideremos una "buena cosa". Piénselo, cuantos más vampiros haya, más gente será mordida. Eventualmente te podrías quedar sin humanos y entonces, ¿de dónde sacaríamos la sangre que necesitamos? Los animales solo serían una solución a corto plazo, necesitamos sangre humana. No tengo ni idea del por qué, pero es así. Le pregunté a Dios, pero no me contestó. Y no se puede preguntar a los gobernantes.

Oh sí, los gobernantes. ¿No crees que el gobierno no sabe que existimos? Por supuesto que lo saben. Pero ahora son buenos tiempos. Tenemos un acuerdo informal, pero fuertemente asegurado con ellos. Nos mantenemos a un nivel bajo, nos comportamos bien y no nos aniquilan. Y no somos muchos los nuestros, por las razones que acabo de explicar.

Y a cambio, hacemos ciertas cosas para el gobierno. Después de todo, también somos patriotas. Alguien que puede atravesar gases venenosos y ser acribillado con balas sin sufrir ningún daño puede ser muy útil para todas las agencias.

Tengo un viejo y muy antiguo amigo, James, que trabaja para el FBI. Le tengo mucho cariño, incluso aunque haya nacido en Inglaterra. Nos vemos de vez en cuando, sobre todo porque generalmente estoy empleada por otra rama del gobierno, en concreto la CIA. Oye, una chica tiene que ganarse la vida haciendo algo.

Me subí a mi furgoneta y me senté en la silla de cuero del conductor. Es sencilla en el exterior, pero muy bien decorada por dentro. La ventaja es obvia. Solo un par de ventanas y cortinas que brindan seguridad en caso de que no haya podido llegar a casa sana y a salvo antes del amanecer.

Me apetecía un trago de whisky, maldita sea. Sin embargo, no bebo cuando conduzco así que encendí el motor y salí de la ciudad hacia el motel en la carretera interestatal donde había hecho una reserva.

Sonreí mientras conducía. Rachel había estado encantadora sexualmente hablando y muy sabrosa también. Con ella ya estoy alimentada para varios días, ya que también me había comido recientemente a una estudiante universitaria gótica, alguien con quien repito, lo que es muy inusual.

Casi todos los meses, ella y yo hacíamos el amor, y el clímax llegaba que yo me bebía su sangre mientras la sujetaba encima de mí y ella me comía el coño. A veces me preocupaba que me estuviera encaprichando con ella. A ver cómo le podría explicar algo como eso a mi confesor.

Mi teléfono celular sonó cuando entré en el estacionamiento del motel. De nuevo, estoy pasada de moda. Mi teléfono no canta ni baila ni reproduce una selección de éxitos musicales. Simplemente suena. Aunque tengo identificador de llamadas. Me había quedado allí ya la noche anterior, así que estacioné y entré mientras miraba la pantalla.

"Hola James. ¿Qué le pasa a mi federal favorito?"

"Espero que estés ya dentro, segura, porque el sol está a punto de aparecer allá donde estás. ¿Dejaste a esa agradable contable en buena forma?"

Se los juro, él tiene siempre tiene que demostrarme lo fácil con que puede rastrearme. Es hora de volver a buscar a los malos con la camioneta. Amo a James, de hecho, hemos tenido mucha intimidad bastante a menudo en los últimos 150 años, pero todavía no quiero que esté al tanto de cada uno de mis movimientos.

"Ya estoy y así lo hice James. Por favor, sin juegos cariño, estoy saciada y estoy muy cansada".

"Bueno, duerme bien y dirígete mañana a Washington. Vas a estar ocupada". Su tono de broma se había vuelto serio. "Estás de vuelta en nómina a tiempo completo. Alguien se ha vuelto loco".

Gruñí. " Alguien se ha vuelto loco " se dice cuando un vampiro pierde su control y comienza a matar, a menudo indiscriminadamente. Las mejores personas para detener a alguien así son, lo adivinaron, otros vampiros.

"Estaré en la carretera al caer la noche, James. Mantente en contacto". Colgué el teléfono y lo arrojé sobre la cama. Cerré la puerta y me dirigí hacia la botella que estaba junto al fregadero. Ahora sí que realmente necesitaba una bebida.

FIN

# SUMISA
# ERIKA SANDERS

Te deseo.

Todo de ti.

De la cabeza a los pies y todo lo demás.

Tu cuerpo, tu mente, tu alma.

Las imperfecciones que odias que yo no.

Amo cada parte de ti, tal como eres.

Especialmente ese culo.

Quiero estar contigo.

Todo el tiempo.

No importa dónde esté.

Mi mente divaga, provocada por un pensamiento o una imagen.

Una canción.

Tus iniciales en una matrícula.

Una simple palabra hablada de pasada que tiene un significado especial para ambos.

Un extraño que lleva el pelo como tú.

Vestido como tú.

Quiero oír tu voz.

Cuando me llamas con tus nombres de mascotas.

Dime que me amas, me extrañas.

Describe cómo fue tu día.

Pregúntame sobre el mío y dame tu opinión.

Comparte lo que estamos haciendo o planeamos.

Incluso lo mundano.

Sedúceme a altas horas de la noche mientras estoy tumbada desnuda en la cama en la oscuridad y tú estás a kilómetros de distancia.

Sé duro conmigo cuando me pongo malcriada y hago pucheros por colgarme el teléfono para dormir o para prepararte para el trabajo.

Quiero ver tu interior abierto por escrito.

Saboreo cada nuevo mensaje y foto.

Reviso las conversaciones pasadas.

Recuerdo que cuando no estamos físicamente juntos, todavía piensas en mí.

Que puede estar ahí con un toque de tus dedos.

Tus palabras son fuertes a pesar de que no hay sonido; me tocan en el fondo, como si me las hubieras dicho directamente al oído.

Quiero comentar mis novelas contigo.

Sugiéreme ideas mientras hacemos una lluvia de ideas sobre la trama y los nombres de los personajes.

Elimina las áreas problemáticas.

Marearte con los comentarios y opiniones de los fans.

Apaciguar mi ira y confusión cuando los lectores sin rostro y sin corazón critican mis historias sin una buena razón.

Y continúo escribiendo otro día con tu ánimo.

Quiero ser domesticada por ti.

Para cocinar y hacer los quehaceres de la casa.

Hacer recados.

Ir a bailar, ver una película y hacer viajes.

Solo acurrúcate y toma una siesta en el sofá en un fin de semana lluvioso.

Llamarme deseoso para hacer el amor bajo montones de mantas en la cama todo el día.

Dormirnos en los brazos del otro por la noche y luego despertarnos uno al lado del otro por la mañana.

Ducharnos juntos.

Tener sexo de reconciliación cuando peleemos.

Quiero ser besada por ti.

Repetidamente.

Tanto con ternura como con brusquedad.

Sabes cómo burlarte de mí.

Satisfacerme.

Despertarme con tus labios, dientes y lengua.

Para hacerme llorar y gemir.

Suplicar.

Mi cuerpo tiembla.

Quiero hacer cosas pervertidas contigo.

Asistir a comidas y eventos.

Hacer amigos en tu estilo de vida.

Participar en juegos sexuales en fiestas.

Descubrir más deseos secretos.

Liberar nuestras inhibiciones.

Explorar nuestros lados más oscuros.

Llevarnos el uno al otro a lo más alto de los máximos y luego consolarnos el uno al otro cuando caemos en el más bajo de los mínimos.

Quiero ser dominada por ti.

Gruñó porque soy tuya.

Haces que mi pulso se acelere y que la respiración se detenga al oír tus órdenes.

Silencioso o brusco, ambas situaciones me hacen sonrojar.

Tengo muchas ganas de que me sujetes contra la pared con tu polla entre mis piernas, presionado contra mi coño.

Que me ordenes follarte ... que venirme solo cuando tú lo digas.

No tengo más remedio que ceder cuando torturas mis oídos, cuello y pechos con tu boca.

O cuando siento tus manos sobre mi cuerpo mientras reclamas lo tuyo.

Mi pecho se hincha de orgullo cuando dices que soy una "buena chica" por hacer lo que quieres.

Quiero estar atado por ti.

Físicamente.

Mentalmente.

Con tus manos, esposas o cuerdas.

Mis muñecas sostenidas en tu agarre por encima de mi cabeza o aseguradas a la cabecera de la cama.

Piernas restringidas, juntas o separadas.

Mis movimientos y reflejos controlados.

Cualquier posibilidad de tocarte eliminada.

Una venda sobre mis ojos para no ver lo que me vas a hacer.

Quiero ser jodida por ti.

Desnuda y abrumada bajo tu cuerpo mientras me arrasas.

Quedarme libre de restricciones sin un toque de ninguno de los dos, usando solo tus palabras para hacerme retorcerme y gemir mientras arruinas mi mente deliciosamente.

O los toques simples y ligeros que has descubierto que me sacan múltiples orgasmos sin importar dónde acaricies mi cuerpo.

Quiero que me utilices.

Ser arrastrada de un sitio a otro a tu antojo.

Abrumada cuando lucho.

Mi trasero desnudo golpeado mientras me sujetabas.

Mis juguetes usados en mí ... por ti.

Tu mano aferrada a mi cabello en la parte de atrás de mi cuello.

Presionando ligeramente sobre mi garganta mientras me miras a los ojos.

Para recordarme quién está a cargo.

Quiero obedecer tus reglas.

Cuando estás fuera de mi alcance, me dan algo en lo que concentrarme.

Están definidas teniendo en cuenta mi mejor interés.

Sé que serás disciplinado en consecuencia si las rompo.

Que confíes en mí para ser honesta contigo cuando te he desobedecido.

Quiero que me consueles.

Acurrucada contra ti cuando estoy a abrumada o tengo un mal día.

Mi cabello acariciado y besado con mi cabeza acurrucada debajo de tu barbilla contra tu pecho.

Calmada por tus palabras y tus brazos a mi alrededor.

Mecida hasta que cese cualquier lágrima.

Quiero cuidarte.

Para abrazarte cuando estás triste, cansado o enfermo.

Seré tu fuerza, alguien en quien apoyarte, porque incluso un Dominante puede tener momentos débiles.

Como tu sumisa, estoy aquí para ti en cualquier situación que me necesites.

Para complacerte o aliviar tu dolor.

Quiero todas estas cosas y más.

Porque soy sumisa de esa manera.

Como tu dominante ...

FIN

www.ingramcontent.com/pod-product-compliance
Lightning Source LLC
LaVergne TN
LVHW090128160826
845673LV00015B/1117